Olivier Dunrea

Ollie le râleur

kaléidoscope

Pour Mack

Texte traduit de l'américain par Élisabeth Duval

Titre de l'ouvrage original : OLLIE THE STOMPER
Éditeur original : Houghton Mifflin Company, Boston
Copyright © 2003 by Olivier Dunrea
Tous droits réservés
Pour la traduction française : © 2006 Kaléidoscope,
11, rue de Sèvres, 75006 Paris, France
Loi n° 49.956 du 16 juillet 1949 sur les publications
destinées à la jeunesse : mars 2006
Dépôt légal : juillet 2006
Imprimé en Italie

Diffusion l'école des loisirs
www.editions-kaleidoscope.com

Voici Ollie.

Voici Lola. Voici Olga.

Ce sont des oisons.

Lola porte des bottes rouge vif.

Olga porte des bottes bleu roi.

Ollie veut des bottes.

Lola et Olga marchent au pas dans la paille.

Ollie pépie derrière elles.

Lola et Olga sautillent sous la pluie.

Ollie pépie derrière elles.

Lola et Olga sautent par-dessus
une flaque d'eau.

Ollie pépie derrière elles.

Lola et Olga se dirigent vers la mare.

Ollie pépie derrière elles.

Lola et Olga se cachent
parmi les citrouilles.

"*JE VEUX DES BOTTES !*" crie Ollie.

Lola et Olga se tournent vers Ollie.

Lola lui donne une botte rouge.

Olga lui donne une botte bleue.

Ollie sautille jusqu'à la grange.

Lola et Olga suivent Ollie.

Ollie sautille jusqu'à la porcherie.

Lola et Olga suivent Ollie.

Ollie regarde ses bottes.

"CES BOTTES SONT TROP CHAUDES !"
râle Ollie.

Ollie enlève ses bottes.

Lola enlève sa botte.
Olga enlève sa botte.

"*ALLONS NAGER !*" dit Ollie.
Et c'est ce qu'ils font.